世界经典童话小说书系

U0721680

阿里巴巴

著者 / 佚名　编译 / 于姗姗 等

吉林出版集团股份有限公司 | 全国百佳图书出版单位

图书在版编目（CIP）数据

阿里巴巴/（沙特阿拉伯）佚名著；于珊珊等编译.--长春:
吉林出版集团股份有限公司，2016.12
（世界经典童话小说书系）
ISBN 978-7-5581-2092-3

Ⅰ.①阿… Ⅱ.①佚… ②于… Ⅲ.①儿童故事－作
品集－世界 Ⅳ.①I18

中国版本图书馆CIP数据核字（2017）第065137号

阿里巴巴
A LI BA BA

著　　者	佚　名	
编　　译	于珊珊 等	
责任编辑	沈　航	
封面设计	张　娜	
开　　本	16	
字　　数	50千字	
印　　张	8	
定　　价	29.80元	
版　　次	2017年8月　第1版	
印　　次	2020年10月　第4次印刷	
印　　刷	三河市嵩川印刷有限公司	
出　　版	吉林出版集团股份有限公司	
发　　行	吉林出版集团股份有限公司	
地　　址	长春市绿园区泰来街1825号	
电　　话	总编办：0431-88029858	
	发行部：0431-88029836	
邮　　编	130011	
书　　号	ISBN 978-7-5581-2092-3	

　　儿童自然单纯，本性无邪，爱默生说："儿童是永恒的弥赛亚，他降临到堕落的人间，就是为了引导人们返回天堂。"人们总是期待着保留这份童真，这份无邪本性。

　　每一个儿童都充满着求知的欲望，对于各种新奇的事物，都有着一种强烈的好奇心，这样在成长的过程中就不可避免地被好的或坏的事物所影响。教育的问题总是让每个父母伤透了脑筋，生怕孩子们早早地磨灭了童真，泯灭了感知美好事物的天性。童话很好地解决了这个问题，让儿童始终心存美好。

　　徜徉在童话的森林，沿着崎岖的小径一路向前，便会发现王子、公主、小裁缝、呆小子、灰姑娘就在我们身边，怪物、隐身帽、魔法鞋、沙精随时会让我们大吃一惊。展开想象的翅膀，心游万仞，永无岛上定然满是欢乐与自由，小家伙们随心所欲地演绎着自己的传奇。或有稚童捧着双颊，遥望星空，神游天外，幻想着未知的世界，编织着美丽的梦想。那双渴望的眸子，眨呀眨的，明亮异常，即使群星都暗淡了，它也仍会闪烁不停。

童心总是相通的，一篇童话，便会开启一扇心灵之窗，透过这扇窗，让稚童得以窥探森林深处的秘密。每一篇童话都会有意无意地激发稚童的想象力和感知力，让他们在那里深刻地体验潜藏其中的幸福感、喜悦感和安全感，并且让这种体验长久地驻留在孩子的内心，滋养孩子的心灵。愿这套《世界经典童话小说书系》对儿童健康成长能起到一点儿助益，这样也算是不违出版此书的初心了。

编者

2017 年 3 月 21 日

目录
MULU

潘帕斯大草原

　　阿根廷幅员辽阔，物产丰富，西部有很多的山脉和河流，东部和中部有非常著名的潘帕斯大草原，这里是整个国家最为主要的农牧区。

　　可是，大约是在几千年前，这里并没有草原，那么潘帕斯草原是不是有什么美丽而神奇的传说呢？我们今天就来讲讲潘帕斯大草原的来历。

　　阿根廷的南部有一片很大的地方，名叫巴塔高尼亚，意思是阳光的家乡。当时这里到处都是高大的山木林和巨松林，阳光充足，景色宜人。

几千年来，这里一直有人居住，但可惜的是，现在这片区域已经找不到史前人类生活的痕迹了，只能找到那些高耸入云的树化石。

这里最早的居民是印第安人的一个部落，他们从遥远的地方来到这里，爱上了这片森林，于是便留了下来。他们称自己为德休尔契人。故事就发生在德休尔契人刚刚来到巴塔高尼亚的时候。

当德休尔契人定居下来后，一对夫妻在这里生下了一个可爱的男孩儿，取名为纳肯。孩子的出生为德休尔契人带来了活力，人们都来到这对夫妻的家里，为他们庆祝。

时间一天天地过去了，纳肯慢慢地开始牙牙学语。

"大海在哪儿？我要去看大海！"这竟然是纳肯说的第一句话。

纳肯的父母和部落的族人都惊呆了，觉得他是个奇怪的孩子，真是让人不可思议。

夫妻俩面面相觑，对于儿子的问题不知如何回答。

要知道那时海洋离他们居住的地方很远，他们根本没有见过海洋。纳肯的父母从来没想过什么是大海，更没想过要去看大海。

这里有森林，他们生活在这里很安心，以打猎为生，还能够开垦出一些耕地。他们住在洞穴里面，冬暖夏凉，根本不会去关心其他地方所发生的事情，更何况是根本没见过的大海！

　　"儿子，我们没办法回答你这个问题，因为我们也没见过大海！"爸爸语重心长地说。

　　一晃儿，纳肯长到了十几岁。在同龄的孩子中，纳肯爬树最棒，也因此成为孩子们眼中的小英雄。

　　纳肯还跟爸爸学会了做弓箭和使用弓箭，爸爸经常带着他到森林里打些小动物，每次都能很出色地打到猎物。

　　纳肯既勇敢又机灵，让那些大人们都赞不绝口。不过在纳肯的心里，想要去看看大海的愿望并没有因为成长而变淡，他要成为德休尔契人中第一个看到大海的人。

　　这一天，纳肯第一次参加部落大型的围猎活动，巴塔高尼亚人要到密林深处去围猎。因为纳肯已经是大家公认的男子汉了，所以族人都在等着他，准备一起行动。

　　当纳肯得知自己可以参加这次活动后，十分激动，因为部落中和他差不多大的孩子，只有他有资格参加。看到小伙伴儿们羡慕的眼神，纳肯骄傲极了。

　　早上，纳肯早早地就起来了，妈妈为他端来了丰盛的早餐。

"亲爱的儿子，你害怕吗?"妈妈关心地问。

"不怕，我有弓箭!"纳肯举起自己做的弓箭给妈妈看。

看到纳肯胸有成竹的样子，妈妈满意地笑了。

"爸爸已经走了吗?"纳肯发现爸爸并没有在家。

"是的，他说会在前面等着你。"妈妈说。

吃饱饭后，纳肯便出了门，向着密林深处的围猎地走去。纳肯还带上了家里的猎狗，他的样子真是神气极了。猎狗似乎也受到了他的感染，雄赳赳地走在前面，可是在走进森林后，这只训练有素的猎狗显得不安起来。

"你这家伙，到底是怎么了? 刚才不是还好好的吗?"纳肯很奇怪猎狗的反应，因为自从进了树林它就一路狂吠不停，而且越走越慢。

突然，猎狗停在那里不动了。无奈，纳肯只好硬拽着狗继续往前走，要知道部落中的成年猎手们都等着自己呢！要到达目的地时，森林中的气氛变得越来越阴森恐怖了，就连纳肯也感觉出了不对，不过他觉得这应该是他第一次来这么深的密林的原因。

"塞特博！"忽然，纳肯听到部落族人的喊声。

"出了什么事儿，为什么大家要喊出这个名字？"纳肯迷惑了。

原来，塞特博在巴塔高尼亚是魔鬼的名字，平时大家都很忌讳这个名字，因为怕招来魔鬼。可今天为什么这些勇敢的猎人们会一起喊出"塞特博"来？真是让人百思不得其解。

为了弄清楚到底发生了什么事儿，纳肯丝毫没有犹豫，继续往前走，只想快点儿和大家会合。

这时，他看见好多小动物惊慌失措地跑了出来，因为跑得太快，有很多都撞到树上死去了。

眼前的景象让纳肯惊呆了，他的猎狗也早就吓得四腿打颤了。

他快步跑起来，很快就看到部落中的男人们，大家都守候在一个兽穴洞口，看起来非常紧张。

纳肯刚想跑过去和大家一起守在洞口，就在这时，他听到了一种奇怪的声音。纳肯止住了脚步，凝神细听起来。这声音开始很低沉，后来变成轰隆隆的，不是他所熟悉的任何一种动物的声音。

要知道纳肯小的时候，就已经熟悉很多动物的叫声了，这是每个德休尔契人都必须学习和熟记的，因为在以后的生活中，熟悉动物的声音至关重要。

纳肯听着声音忽然想起了塞特博来。这样一想，他的心里开始害怕起来。

这个印第安的小伙子第一次感到真正的恐惧，只好向大力神祈求自己能够平安无事。

大力神是德休尔契人所信奉的神灵，现在纳肯希望大力神能够赋予自己勇气和胆量。可是纳肯很快就发现祈求根本没有用，他还是怕得要命。听着一阵阵轰响声，纳肯觉得自己的心都要跳出来了。

　　纳肯大声呼唤爸爸，希望这个时候爸爸能够出现在他面前。

　　可是，没有人回答他。纳肯的视野也开始变得模糊起来，周围一切都在晃动，汹涌澎湃的潮水扑面而来。

　　纳肯趁着洪水还没到身边，赶紧爬到了一棵树上。

　　真是太好了，这样就可以在上面找到爸爸和族人们了。纳肯四处张望，搜索着爸爸和同伴们的踪影。可是让他绝望的是，他只看到了大水中的几百具尸体。

　　可怜的孩子，此刻他还不知道自己是这场可怕的水灾里唯一的幸存者。

　　他又冷又怕，浑身打着哆嗦。为了生存，他紧紧地抱着大树，已经不敢再往下面看了。就这样过了几天几夜，大水依然没有退去。纳肯偶尔向树下看去，突然发现有一个大大的篮筐。

　　这个篮筐就像一只小船一样，在水面上漂浮着，正好从纳肯栖身的树旁经过。纳肯一把抓住篮筐，篮筐里面还有一些植物的果实和种子，赶紧吃掉果子充饥。

　　又过了几天，洪水慢慢退去，纳肯得以从树上下来。

　　纳肯打算做一个木筏，因为洪水并没有完全退去，只是自己所处的地势较高，所以需要一个能够浮在水面上的工具带他离开这里。

造木筏对于纳肯来说一点儿也不困难，第二天上午，纳肯就把木筏做好了。

纳肯坐在自己的木筏上，顺着水漂流。他已经找不到自己的家在哪里了，因为德休尔契人住的地势比较低洼，现在已经全部在水面之下了，看样子妈妈也已经不在了。纳肯的心很疼，不过现实不允许他有更多的时间难过，他要重新找到一个能够生活的地方。

纳肯坐在小木筏上一路漂流。终于，他看到了一块陆地。其实这本来是一座岛屿上面的山峰，因为洪水太大了，所以这座小山现在变成了陆地。

纳肯将小木筏靠了岸，打算在这儿安顿下来。

纳肯仔细打量四周，发现这儿只有青青的小草被微风吹得慢慢摇曳，看来这座小岛上没有其他生灵了。

纳肯是一个爱幻想的小男子汉，常常问自己："这样一场突如其来的大灾难，为什么只有我会幸免遇难呢？"

他认为一定是善良之神拯救了自己。

"这一定是大海捣的鬼，为什么大海要这么坏、这么凶残？"在重建家园时，纳肯还常常会喃喃自语。

时间好似流水一般匆匆而过，转眼间几千年过去了，那滚滚的洪水早就已经退去，曾经的小岛也露出了真容。原来它是安第斯山脉的一部分，而整个安第斯山脉也都露出了水面。

新的植物苗壮成长，动物也得以繁殖，安第斯山脉重现以往的生机。

在洪水冲刷过的地方，出现了潘帕斯大草原。而德休尔契人曾经居住过的巴塔高尼亚更是发生了沧桑巨变，曾经的茂盛森林被洪水冲得一干二净，这里变成了高原和荒漠……

如今生活在巴塔高尼亚地区的每一个印第安女人，当她们生下一个男孩时，说的第一句话都是："大海在哪儿？"

这是她们在祈求祖先纳肯的保佑。

等到这个男孩子长大一点儿，家人们教给他的第一句话也是这一句。这早已经成为了印第安人的风俗习惯。

尽管今天的巴塔高尼亚地区仍然离大海很远，但印第安部落中的人都认为，男孩子说这样一句话，日后就能逢凶化吉，就像他们的祖先纳肯一样。

红 羽 毛

　　从前，有一个年轻的小伙子，刚刚组建家庭，心爱的妻子就去世了。

　　"心爱的妻子，你的去世让我无法一个人活在这个世界上了，我要去陪你，继续和你做夫妻，求求你把我带走吧！"他在妻子的坟墓旁哭得死去活来。

　　妻子的坟墓里没有任何动静。小伙子马上找来许多粗细差不多的棍子，还有被染成土红色的老鹰羽毛，然后在坟墓四周撒上谷粉，开始祈祷。

　　突然，妻子的幽灵出现了。她的表情很平静，好像对死已经无所畏惧了。

"你的去世给我带来了太大的痛苦，无论如何我都不能离开你，让我和你一块走吧！"小伙子一把抓住妻子的手。

"这是不可以的，我是因为生了重病才去世的，而你现在很健康。"妻子说。

"我什么也不管，你到哪里我就跟到哪里。"小伙子的态度很坚决。

"你想和我走就必须听我的安排。现在天快亮了，我的人形是无法在白天被你看到的，你必须在太阳出来之前找

一根红羽毛插到我的头上。这样即使在白天，你也可以通过这根红羽毛找到我在什么地方。"妻子想了想，只好答应丈夫。

小伙子很快就找到了一根又长又漂亮的红羽毛，用一段细绳子牢牢扎在妻子的头发上。

他刚系完，天就亮了。太阳一点点升起，妻子不见了，但是那根红羽毛真的没有消失。

羽毛飘过玉米地，飘过小河，来到一座山脚下。高山巍峨宏伟，山路崎岖不平，但对于红羽毛来说根本不是问题，轻盈地飘了过去。

追随在后边的小伙子却跟不上了，不是被石头碰伤了脚，就是被山上的灌木划破了脸，总是跌跌撞撞地摔倒，身上青一块紫一块的。

小伙子的腿脚不听使唤，无论如何用力都不能向前挪动半步。

"等等我，我亲爱的妻子!"眼看着红羽毛越飘越远，小伙子大叫起来。

他用尽全身力气在后边跟着，走了一段时间，又跟不上了。幸好，这时候天渐渐黑了，妻子再次出现。小伙子看见妻子的幽灵，立刻坐在地上，大口喘着粗气。

"不是我刁难你，我也是身不由己。假如你真的跟我走，就必须坚强一些，战胜现在的困难！"妻子鼓励着他。

小伙子点点头。又过了一会儿，天快要亮了，他的疲劳感消除了，继续向西走去。

就这样，他们白天走路，晚上休息，也不知道走了多少天。突然，前面出现一处悬崖，悬崖下面是万丈深渊。红羽毛毫不费力地飞了过去，跟在后边的小伙子却傻眼了。峭壁连一个可以蹬踩的地方都没有，小伙子费了好大力气，才勉强踩到一小块凸出的岩石上。

一只脚踩在岩石上，另一只却没有落脚点，更找不到可以继续往下去的路。现在，小伙子上也上不去，下也下不来，没一会儿就支撑不住了。正在他走投无路的时候，

一只漂亮的小松鼠跑到他面前。

"别急，我是来救你的。"小松鼠从嘴里吐出一粒湿润的青藤种子，塞进小伙子脚下的一道石缝里，用两只前爪牢牢支撑着小小的身体，同时摆动着两只后爪。

"青藤青藤快发芽，青藤青藤快长大，越过峡谷到对岸，好似空中把桥架。"它唱起歌来，歌声清脆好听。

伴着小松鼠的歌声，那粒小小的种子真的立刻发芽长大了。青藤的枝条像一条会飞的蛇，很快攀援到对岸的大树上。

藤条上还长着又肥又大的叶子和又卷又长的根须，形成了一座坚固无比的天然青藤桥。

小伙子燃起了希望，试着抓住青藤，鼓足勇气爬到了对面。红羽毛真的在那里等着他，见丈夫追上来了，继续西行。

走着走着，前面出现了一片深潭，潭水静极了。眼看红羽毛毫无顾忌地扎了进去，小伙子一时不知如何是好。

"妻子，等等我！"他急得连忙大喊，想试着游过深潭，但水实在太深了，只好耐心等在潭边，希望妻子的幽灵会在晚上从潭面升起。

过了一段时间，天黑了下来。小伙子的愿望落空了，妻子并没有从潭中升起。他有些绝望，伤心地大哭起来。

忽然，一个柔软的东西从小伙子脸上擦过。他抬头望过去，原来是一只猫头鹰。

"你为什么哭？"猫头鹰问。

"我的妻子去世了，她一个人去了死神王国。我想去陪她，可是跟了一路，结果到潭边妻子不见了，我不知道该怎么办。"小伙子回答。

"不要着急，现在，你只需要和我回家，我会告诉你怎么办。"猫头鹰落到他的肩上。

小伙子心想反正现在自己也没办法，还不如试试运气，所以就跟着猫头鹰，翻过一座小山，来到一个山洞。

没过多久，他们就来到了洞中很平坦的地方。小伙子看见一大群猫头鹰人待在这里。

为什么说是猫头鹰人呢？因为它们的身子像人，脑袋像猫头鹰。猫头鹰人看见小伙子来了，很热情地招待他，这个给吃的，那个给喝的，看起来好像和他很熟悉一样。

把小伙子领来的那只猫头鹰，看着比洞中其他猫头鹰年纪大了一些，是一只老猫头鹰。

老猫头鹰脱去外套，把它挂在一根石柱上。小伙子这

才看清楚，它也长着人的身体。

老猫头鹰从墙上取下一个小口袋，对小伙子说里面装的是神药。小伙子伸手就去拿。

"别着急，我还没有告诉你这药的用途呢，看来你是一个急性子。急性子可不好，用这种药要有耐性，你能保证自己以后不这么急躁吗？"老猫头鹰说话了。

"我可以，为了和我亲爱的妻子在一起，我什么都可以做到。"小伙子的语气很坚定。

"好吧，我告诉你怎么做。这个口袋里装的是催眠药，你只要服下就会立即入睡。到时候你会变得没有知觉，外界发生什么你也一无所知。等你醒来之后，就会在启明星下与你的妻子相遇了。那时，你的妻子会变得和你一样有血有肉。但是，这只是暂时的，你们必须一起回到你出生的地方，只有这样才可以永远幸福地生活在一起。然而，你要想达到目的，必须做到克制自己，不能在到达目的地之前拥吻你的妻子，如果那样，所有努力都会前功尽弃。"老猫头鹰

看着小伙子，变得异常严肃。

"准备好了吗？"老猫头鹰看到小伙子诚恳的神情，就从口袋里倒出一点药。

"可以了。"小伙子闭上眼睛。

老猫头鹰把药撒在小伙子的嘴里，他立刻就进入梦乡了。其他猫头鹰人马上披上外套，将他抬起来。

大家齐心协力，很快就带着小伙子飞到了深潭边，然后又带着药和小伙子祈祷用的木棍，像青蛙一样跳进深潭。它们干脆利落地把深潭里所有负责守护的幽灵弄得呼呼大睡，直接来到死神王国的祭坛，把祈祷用的木棍插在祭坛上。大家很快就找到了小伙子妻子的幽灵，抬着她飞快地回到小伙子身边。

不知过了多久，小伙子终于醒了过来，睁开眼睛，一颗又大又亮的星星闪烁不停，旁边躺着美丽的妻子。

"她真的有血有肉，和过去没有区别。"小伙子高兴地跳了起来，大笑着。

笑声惊醒了妻子。她看见丈夫，幸福地流下了眼泪。小伙子把自己的经历都告诉了妻子，也说了老猫头鹰的嘱托。说完了事情的经过，两个人依照老猫头鹰的叮嘱，去往小伙子的出生地。

一路上，小伙子没有了苦恼，像小鸟一样围着妻子。妻子也总是甜蜜地笑着，心情愉快极了。小伙子多么想拥吻一下妻子，但心里一直记着老猫头鹰的话，努力克制着自己的感情。到了第五天早上，他们来到一座高山脚下。

"我很累，前面那座高山现在爬不上去了，歇一会儿再走吧！"妻子对丈夫说。

还没等小伙子表达自己的意见，她就坐在地上不肯起来了。妻子很快就睡熟了，鼾声均匀地传进小伙子的耳朵。小伙子怕有野兽侵袭，坐在妻子旁边，寸步不离地守护着。小伙子看着美丽的妻子，再也控制不住感情了。

"我用手摸摸她应该不会有事吧！"于是，小伙子慢慢伸出右手，轻轻在妻子的脸上抚摸了一下。

"本以为你是世界上最懂爱情的人，现在看来你爱我爱得还不够深，不能因为我而控制你自己！"妻子被惊醒，泪眼汪汪地看着丈夫。

"你为什么不听老猫头鹰的告诫呢，就因为你轻轻地抚摸，我将再次死去，这次你无论用什么办法，都不能让我活过来，你再也不会见到我了！"妻子泣不成声。

妻子的话音刚落，身体就出现了变化，脸色变得苍白，没有了血液，肌肉萎缩干瘪，最后只剩下一堆白骨。

"没出息，为什么性格会如此急躁，再也不会有人帮助你了！"老猫头鹰又出现了，在小伙子的头顶盘旋不停。

小伙子绝望地哭着，捶胸顿足，后悔自己性格太急，但是一切都于事无补，从此以后再也没见过自己的妻子，甚至连那只老猫头鹰都没有见过。

"我如果有耐心，不用手去触碰妻子，我们一定会幸福地生活在一起，那该多好啊！"每每想起这件事，他都会留下悔恨的泪水。

戒指里的仆人

从前有个商人，叫哈迈。他有三个儿子，分别叫萨勒、莫约和朱特。他尤其偏爱朱特，其他两个儿子很嫉妒。哈迈怕自己死后朱特会受欺负，便委托法官将自己的钱财平分给三个儿子和妻子。

父亲死后，哥哥们霸占了母亲的财产，挥霍一空后无所事事，便打起了朱特财产的主意。打了不少官司，花了不少钱，结果兄弟三人都变成了穷光蛋。善良的朱特接纳了母亲和哥哥们，靠捕鱼维持一家人的生计。

一天，朱特没有一点收获。一个卖面包的人对朱特说，

先拿着面包，以后再付钱好了。七天过去了，朱特一条鱼也没打到，只好硬着头皮继续赊面包。

困窘的朱特决定到哥伦湖畔去碰碰运气，在那里碰到了一个摩洛哥人。

"你用丝带把我的手臂绑住，然后把我推到湖里。如果我的手伸出水面，就撒网捞我；如果是脚伸出水面，就说明我死了，你把骡子牵到集市，交给一个叫侯木的商人，你会得到一百金币。"摩洛哥人对朱特说。

朱特照办了。不一会儿，水面上露出两只脚。朱特知道这个人死了，便牵着骡子来到集市上。侯木叹了口气，给了朱特一百金币。

第二天，朱特又遇到了昨天那个人的兄弟。他央求朱特重复昨天的事情。朱特照办了，这个人也死了，朱特又得到一百金币。

第三天，朱特遇到了第三个摩洛哥人，又重复了一遍前两天的事情。不一会儿，第三个摩洛哥人的两只手伸出水面，朱特撒网将他捞起。

摩洛哥人将两条红色的鱼装进一个盒子，告诉朱特，他和之前的两个人，还有市场上的商人是同胞兄弟，分别叫迈德、勒木、阿德和侯木。他们父亲的导师曾对兄弟四人说，佘麦尔答宝藏由红王的儿子们控制，只有借朱特之手才能开启宝藏之门，但首先得抓住这些鱼妖。

侯木对此不感兴趣，就扮成了商人。为了破除符咒，勒木和阿德都死了，只有迈德抓住了鱼妖。

迈德给了朱特一千金币，请他去开启宝藏。在路上，迈德用魔法鞍袋变出了丰盛的菜肴，神奇的骡子日行千里。朱特在迈德的家里住了二十天。第二十一天，朱特按迈德的指引去开启宝藏。

开完四道门，第五道门里走出来一个黑奴。朱特说出了自己的名字，黑奴便说，去开第六道门吧！在第六道门里，有两条蟒蛇张着血盆大口要吞食朱特。他让蟒蛇各衔住一只手，蟒蛇立刻倒地死了。就这样，朱特顺利破除了前六道门的魔咒。

朱特的母亲出现在第七道门前。按迈德的指示，朱特只有逼母亲脱光衣服，才能破除魔咒。但朱特最终还是心软了，挨了一顿打被扔出门外。

迈德念动咒语才把昏迷不醒的朱特唤醒。听了朱特的述说，迈德很遗憾，只能等到明年的今天再从头开始。

朱特在迈德家住了一年。一天，两人再一次去开启宝藏。

这一次，朱特顺利破除了魔咒，开启了宝藏。

迈德把魔法鞍袋、金子和珠宝送给朱特作为回报。朱特一路跋涉，最终回到家乡。

朱特的哥哥萨勒和莫约，把之前朱特获得的金币都骗走了，母亲只好乞讨度日。

朱特回到家，把鞍袋交给母亲保管，并嘱咐她一定要严守秘密。

萨勒和莫约听到消息，来到朱特家。朱特热情接待了哥哥们。

哥哥们从母亲口中套出了鞍袋的秘密，便决定把弟弟骗走卖掉，然后把鞍袋据为己有。

朱特没有识破哥哥们的阴谋，在熟睡中被牢牢地绑住身体。哥哥们以四十金币的价格把他卖掉了。从此，朱特便过起了囚徒般的苦役生活。

第二天，萨勒和莫约骗母亲说朱特去了摩洛哥。母亲疼爱朱特，听后很伤心。

萨勒和莫约为了争夺鞍袋，争执不休，连日吵闹。结

果，国王的一个卫士听见了鞍袋的秘密，报告给了国王。国王在弄清事情的原委之后将两人监禁起来，并没收了鞍袋。朱特做了一年苦工，然后乘船渡海，途中触礁遇险，侥幸生还。他偶遇了迈德，得知了两个哥哥被国王逮捕并关进监狱的事。

迈德把从宝藏中得到的一个戒指送给了朱特，告诉他只要一擦戒指，就会有一个名叫哥绥的仆人出现，并可以满足他所有的愿望。

哥绥先把朱特送回家，又去救出萨勒和莫约。两个哥哥对弟弟感激不尽。

朱特让哥绥把鞍袋夺了回来，并搬空国王宝库中的金银财宝。哥绥还按朱特的命令连夜建造了一座宏伟的宫殿，又挑选了男仆、女仆、奴隶共八十人。朱特、母亲、萨勒和莫约穿着华贵的衣裳，住进了金碧辉煌的宫殿。

国王发现鞍袋和国库中的财宝都不见了，十分生气。众大臣也惊诧不已。

之前向国王告密的卫士报告说："听说朱特建造了一座宫殿。他现在腰缠万贯，两个哥哥也被他从狱中救出去了。"

大臣们到监狱一看，果然萨勒和莫约早已无影无踪。

有个大臣建议，派人邀请朱特赴宴，暗中将他囚禁，然后看情况采取相应措施。

大臣去请朱特，到了门口，先彬彬有礼地向哥绥问好，然后请哥绥转达国王对朱特的邀请。

朱特听完哥绥的报告，决定接见大臣。

朱特请大臣转达，希望国王能作为客人，来他家赴宴。国王率领大队人马前来赴宴，见朱特的家极为气派，不禁暗自惊叹。国王和朱特成了莫逆之交。

一天，朱特应邀来到王宫，对阿西叶公主一见倾心，于是娶公主为妻，并举行了盛大的婚礼。

后来国王驾崩，朱特深得人心，做了国王。新国王拨出巨款救济穷人。两个哥哥萨勒和莫约入朝为官，帮助朱特治理国家。

朱特当政一年后，萨勒和莫约密谋杀死朱特，侵吞戒指和鞍袋。

朱特应邀去萨勒家做客，吃了有毒的食物。萨勒趁他奄奄一息之时，抢走了戒指。萨勒一擦戒指，哥绥立刻出现了。萨勒命仆人杀死莫约，然后把朱特和莫约的尸体示众。众人看到两具尸体目瞪口呆，大吃一惊。文武百官慑于萨勒的权威，只好推他为国王，并按他的命令为他和阿西叶公主操办婚礼。

在洞房里，阿西叶公主假装伺候萨勒，暗中把毒药放在杯中，毒死了萨勒，将他手上的戒指砸得粉碎。

补鞋匠的戒指

开罗城住着一个名叫迈尔鲁夫的补鞋匠，他心地善良、老实本分。但他的妻子伐特维麦尖酸刻薄、阴险毒辣。无论妻子怎样无理取闹，补鞋匠都忍气吞声。补鞋匠辛苦赚来的钱，如数被妻子挥霍一空，他自己经常挨饿受冻。一天早晨，妻子让补鞋匠去买蜜制糕点，否则就要惩罚他。没钱买蜜制糕点，补鞋匠感到惶恐不安，便锁上铺门，漫无目的地沿街溜达。

补鞋匠站在糕点店前沉默不语，眼眶里含着泪水。糕点店老板了解情况后，决定赊货给他，因为店里没有蜂蜜，只好给了他蔗糖糕点。

妻子看到蔗糖糕点大发雷霆，还打落补鞋匠一颗牙齿。实在忍无可忍，补鞋匠轻轻拍了一下她的头，她却要起了无赖。补鞋匠百般忍耐，去补鞋铺干活去了。

这时，法庭的两个差役来到补鞋铺。

"起来，随我们去见法官，你妻子把你告了！"差役大声说道。

法官是个有正义感的人，听了补鞋匠的陈述，便给两

人调解，还慷慨地拿出钱，让补鞋匠拿去给妻子买蜜制糕点。夫妻俩表示愿意和好。补鞋匠回到铺里继续干活。可他刚坐下不久，差役们就到铺子里来要小费。补鞋匠无奈抵押了补鞋工具，总算把他们打发走。

补鞋匠正愁没有工具无法干活，补鞋铺里又来了两个大汉。他们是奉另一位法官之命让补鞋匠走一趟。原来妻子又把他告了！

法官听了补鞋匠的陈述，又进行了调解。补鞋匠不得不又付给差役一点儿钱。用补鞋工具抵押的钱已经所剩无几，他垂头丧气地回到铺子里。有人告诉他，他妻子又把他告到了高级法庭，大法官要来抓他了！

补鞋匠选择了逃跑。他来到一个叫尔底里的地方，冻得瑟瑟发抖，想到自己的遭遇，不禁伤心地哭了起来。这时走来一位巨人，听了补鞋匠的故事，便背起他，腾空而起，飞了一夜，最后把他放在了一座山上。

补鞋匠来到山脚下，眼前出现了一座城墙高大的城市。人们听说他从埃及来只用了一夜时间，便开始取笑他，因为两地相距有一年的路程。

一个富商经过这里，责备大家不应该嘲笑外乡人。他把补鞋匠领回家当作上宾款待。在闲谈中补鞋匠得知，富商竟是邻居家离家出走了二十年的小儿子阿里，这是他小时候的朋友啊！

阿里和补鞋匠久别重逢，欣喜若狂。补鞋匠讲了他被妻子虐待又遇到巨人的故事，阿里则讲述了自己流浪到这座"无诈城"经商的经历。

阿里教给了补鞋匠生财之道——先扮作百万富翁，大造声势，借机结识商界朋友，掌握商业诀窍再一跃成为真正的百万富翁。

阿里替补鞋匠四处吹嘘，补鞋匠则按阿里说的大造声势，让商人们认为他很有钱。在取得富商们的信任后，补鞋匠向富商们借贷了很多钱。补鞋匠把钱不停地赏给穷人，可答应富商们的货迟迟没有着落。

大家心急如焚，找到阿里讨说法。阿里也因无法劝阻补鞋匠而无可奈何，便让富商们去找国王做主。国王听了商人们的控告，找来了补鞋匠想问个明白。

补鞋匠对国王说，他的货一到，就会加倍还给富商们钱，还将送给国王很多宝石。

国王认为补鞋匠是个富翁，还想招他为女婿，但一个大臣却认为他是个夸夸其谈的骗子。国王大骂大臣，说他对公主求婚不成，萌生报复之心，才胡说补鞋匠是骗子。

补鞋匠许诺，等货物一到，便拿出千袋金币作为聘礼，还将赏赐穷人、宾客和士兵。

大臣仍认为补鞋匠是个大骗子，国王却对大臣破口大骂，还允许补鞋匠用国库的财物筹备婚礼。

补鞋匠不断地从国库支取财物，把阿里的劝告当作耳旁风，随便施舍，肆意挥霍，折腾了四十天。第四十一天，婚礼隆重举行。又过了二十天，补鞋匠的货物还是没有音信。

　　掌管国库的官员向国王报告，国库财物将在十天内耗尽。国王决定听取大臣的建议，让公主打听补鞋匠的情况。当天晚上，公主按大臣的办法向丈夫大献殷勤。她看着补鞋匠拜倒在自己的石榴裙下，便请求丈夫说出事实真相。补鞋匠听信了公主的甜言蜜语，非常信任她，说出了自己曾是个补鞋匠，后来不堪老婆虐待逃跑，以及行骗的经过。公主听后捧腹大笑，认为丈夫的骗人手段极其高明。公主认定补鞋匠就是她心中的白马王子。为了帮助丈夫免遭父王的惩罚，公主将私房钱都给了丈夫，叫他躲避灾难。

　　补鞋匠非常感激公主，立刻告别公主，连夜出城。

　　第二天清晨，公主向国王禀报，说补鞋匠收到了他五百名仆从的联名信，信中提及他们在运货途中遭遇悍匪劫杀，死了五十人，损失两百驮布帛，信是由十名衣冠楚楚的仆从送来的。她还说丈夫跟送信的仆从们接货去了。

　　公主说大臣是在诽谤自己的丈夫。国王一边安慰公主，一边大骂了大臣一顿。

补鞋匠按照公主的安排，骑马狂奔，艰难跋涉了一夜。正午时分，他来到一个小村庄附近，准备向一个农夫讨点儿食物充饥。农夫热情地接待了他，为他准备午餐。

补鞋匠准备帮好心的农夫干活，于是拿起犁柄，催牛耕地。

可刚犁一会儿，犁头就被什么东西卡住了，老牛使劲拖也拖不动，原来犁头牢牢地插在了一个金环里。刨开土，补鞋匠发现金环系在一块大石头上。补鞋匠费尽力气掀开石头，发现下面是阶梯，直通堆满黄金宝藏的地下室。地下室正中央摆着一个透明水晶匣，盛满了珍贵的宝石。里面还有一个小巧玲珑的金盒子，补鞋匠打开金盒子，看到里面放着一枚金戒指，上面刻着符咒。

他无意间碰了一下戒指，立刻传来一个声音："我的主人，你忠实的奴仆来了。把你的需要说出来吧！"

声音是戒指神发出来的，他叫艾比·塞尔多图，负责侍候戒指的主人，满足主人所有要求。只要擦一下戒指，他就会应声出现。如今，补鞋匠成了他的主人。

补鞋匠让塞尔多图搬出宝库中的所有宝藏，配齐奴隶、马夫和仆役，再收集各地的布帛装箱，装上骡马运走。农夫端上准备好的饭菜，突然看到了许多仆人，还以为是帝王经过。

补鞋匠告诉农夫，自己是国王的女婿。他吃了农夫端来的扁豆，回请农夫享用山珍海味。饭后，补鞋匠为感激农夫的盛情款待，赏了他一钵金子。

第二天一大早，塞尔多图按要求准备好了布帛、骡马、奴仆，还为补鞋匠准备了金驼轿和名贵袍子。补鞋匠让塞尔多图扮成差役给国王送信。塞尔多图进宫时，大臣正在和国王说驸马是个地道的大骗子，为了免受惩罚才仓促逃掉。

国王读完塞尔多图带来的信，知道补鞋匠携带货驮正在归途之中，要求派人迎接，十分高兴。他大声斥责大臣无端诽谤驸马。

公主听到这个消息十分惊讶，以为补鞋匠又在考验她的品格。阿里也觉得奇怪，认为这可能又是公主为救补鞋匠而想出的招数。

补鞋匠身披名贵的袍子，坐在金灿灿的驼轿里。国王率领大队人马出城夹道迎接，仪式庄严隆重，盛况空前。

补鞋匠回到宫里，吩咐仆从将黄金和货物献给国王，加倍偿还拖欠商人们的金币。他还把大批绸缎和布帛赏给了贫穷百姓。

补鞋匠大肆施舍，钱财取之不尽，用之不竭。同乡阿里对此百思不得其解。

公主也质问补鞋匠为何当初对她说谎。补鞋匠巧舌如簧哄过公主，并让塞尔多图为她准备凤冠霞帔和全副首饰，还赏给每个宫女一套衣服和一副首饰。

国王看到这些衣服和首饰均为人间罕有之物，十分诧异，告诉了大臣。大臣说，很少有像补鞋匠这样挥霍的商人，况且他带回的珠宝连一般帝王都没有。国王决定接受大臣的说法，找机会为补鞋匠设宴，将他灌醉，趁机打探究竟。

第二天，国王刚醒来就听到外面一片嘈杂之声。仆人惊惶失措地报告说，补鞋匠的骡马和奴仆都不见了，而补鞋匠对此毫不在意，一笑了之。国王越发觉得可疑，立刻邀请补鞋匠去御花园散步、饮酒。

补鞋匠被国王和大臣灌得酩酊大醉，恍惚中道出了实情。补鞋匠醉眼蒙眬，脱下戒指，扔给大臣。大臣按他说的，一擦戒指，塞尔多图果然出现了。大臣命令塞尔多图把补鞋匠扔到最荒凉的地方饿死。塞尔多图照办了。

大臣露出了贪婪的真面目，大骂国王，还唤来塞尔多图，把国王也扔到了补鞋匠的身边。两人后悔不已，泣不成声。

大臣篡夺了王位，当晚强行和公主成婚。

这天晚上，公主骗大臣摘下戒指，然后趁他不备，一脚踢在他的胸膛上。大臣躺在地上动弹不得，公主命令四十个宫女将大臣捆绑。随后，公主擦了一下戒指，让塞尔多图把大臣押入大牢，把国王和丈夫接回王宫。

国王和补鞋匠被接回宫中。公主提议，父王重登国王宝座，将大臣处以死刑，自己暂时保管戒指。国王全都同意。之后，国王带着补鞋匠入朝听政，处理国家大事。

正准备讨伐大臣的文武百官，看到国王和补鞋匠欣喜若狂！从此以后，百姓安居乐业。

六年后，国王不幸与世长辞，补鞋匠继承了王位。王后还为他生了一个小王子。

王子五岁时，王后生病了，临终前叮嘱补鞋匠一定要保管好戒指，随后就去世了。

一天，补鞋匠在睡梦中惊醒，睁眼一看，身旁躺着一个丑恶的女人。看到她丑恶面目和凸出的牙齿，补鞋匠认出女人是自己原来的妻子伐特维麦。自从补鞋匠离开后，伐特维麦便境遇凄惨，以乞讨为生。一天，她遇到了一个巨人。她对巨人说自己想找到补鞋匠。巨人说他认识补鞋匠，然后便带她飞到了补鞋匠的身边。伐特维麦在补鞋匠面前忏悔哀求，最终打动了补鞋匠。

"若你能彻底悔悟、重新做人，我可以收留你、善待你。若你不思悔改，继续为非作歹，我会立刻杀了你。你知道我现在是国王，掌握着大权。我还有一枚神奇的戒指，可以满足我所有要求。"补鞋匠让伐特维麦做出选择。

伐特维麦毫不犹豫地选择了留下。补鞋匠也信守承诺，不计前嫌，把她当王后对待，让她享尽荣华富贵。

伐特维麦认为王子不是她亲生的，所以不喜欢他。

王子聪明伶俐，发现伐特维麦对自己不冷不热，也就不再亲近她。补鞋匠渐渐发觉伐特维麦还是不改本性，便逐渐疏远了她。

伐特维麦出于嫉妒决定去偷戒指，然后杀死国王父子，自称女王。

一天，王子发现伐特维麦没在自己的寝宫休息，而是

鬼鬼祟祟地跑到了国王的宫中，便悄悄跟着她。

伐特维麦找到戒指，刚要离开，就被王子用短剑刺死了。补鞋匠派人把逃难期间在田里款待自己的农夫接到宫中，任命他为大臣，共同治理国家。他还为王子举办了隆重的婚礼。从此，一家人过上了幸福美满的生活。

神奇的小青蛙

　　在一个偏僻的小山村，住着一对老夫妻。他们家很穷，唯一值得骄傲的就是他们有三个儿子：潘帕、贝隆、马尔。

　　慢慢地，三个儿子长大了，他们觉得应该学点儿本领，不能再靠父母辛苦劳作来养活自己了。一天，潘帕征得父母的同意，决定出去闯一闯。

　　于是，潘帕踏上了独自谋生的路。这天中午，他来到一棵白杨树下休息。没想到，这棵白杨树上有只青蛙在唱歌，歌声很甜美，就像少女那美丽的歌喉。

潘帕听着听着，不知不觉就陶醉在这美妙的歌声里。

"哎，小姐！你为什么不下来唱呢？下来吧，我们做个伴，你可以成为我的妻子吗？"潘帕错把青蛙当成了少女。

"不，不，我不想下树，你是不可能和我生活在一起的！"青蛙回答说。

潘帕没有放弃，再三恳求心目中的少女从树上下来。青蛙不好意思推却，就从树上跳了下来，落在潘帕的脚旁。

潘帕发现下来的居然是一只青蛙，觉得自己遭到了戏弄，一脚就把青蛙踢开了。

青蛙的心碎了，带着满身伤痛，又艰难地爬上了树。这次它没有再唱甜美的歌曲，而是唱起了忧郁而悲伤的歌。过了一段时间，贝隆也离家出外闯荡。和哥哥潘帕一样，他也来到了那棵白杨树下，听到树上好像有个少女在唱着歌。

"小姐，你为什么这样忧伤呢？从树上下来吧，让我给你解愁，说不定我们还能成为一对好夫妻哩！"贝隆说道。

当然，在白杨树上唱歌的还是那只青蛙。

"我是不会下去的，你解不了我的忧愁，你也不可能真心爱我，你走吧！"青蛙拒绝了。

贝隆态度坚决，一再恳求青蛙下来。青蛙不想辜负他的一片好心，就从树上跳了下来。

"快滚吧，丑东西，我可没有时间和你闲扯！"贝隆看见跳下来的是一只青蛙，骂完它就扭头走了。

青蛙再次受到奚落，自尊心大受伤害，于是又伤心地爬上了树，只不过这次唱的歌更加悲伤了。

又过了一段时间，马尔也离开了家乡。他也来到了那棵白杨树下，听到了青蛙的歌声。

这歌声，凄婉悲凉，马尔听着听着，不知不觉眼睛被泪水模糊了。从这歌声中，他仿佛看到一个美丽的少女每天对着镜子以泪洗面，好像有说不出的苦衷。

"你是什么人，歌唱得如此凄凉悲伤？请下来吧，把你的忧愁说给我听听，让我来分担你的忧愁！如果你愿意，我想跟你结婚！"马尔情不自禁地说道。

"我不想下去，我知道你是不会真心爱我的……"青蛙还没说完就伤心地哭起来。

"请相信我，我是真心诚意的。如果你还是不相信，我可以起誓。"马尔诚恳地说。

青蛙看马尔如此情真意切，受到了很大鼓舞，便跳到了他的面前。

马尔很惊奇，没想到说话的竟然是一只青蛙，更没想到一只青蛙能唱出如此饱含情谊的歌曲。他把青蛙放在手心里仔细端详。

"你已经看到了我的真实面貌，还爱我吗?"青蛙小心翼翼地问。

"当然，我是被你的歌声打动。你的歌声如此多情，我愿意和你共度一生!"马尔毫不犹豫。

青蛙听了马尔的一番话，感动得热泪盈眶。

就这样，马尔带着青蛙，来到了一座城市。在城里，他找到了两个哥哥。此时，哥哥们已经成家立室了。

面对两个哥哥，马尔说了他娶青蛙为妻的事情。没想到哥哥和嫂子听说后，非常不理解，一直嘲笑他是想老婆想得发了疯。

一天晚上，兄弟三个心想既然大家都已经结了婚，而且团聚在了一起，应该给家乡的父母写信报个平安。

潘帕和贝隆的妻子每人给二老写了一封信，还给他们寄了礼物。可是青蛙不识字，写不了信。

不久，两位老人就给儿媳回了信，说非常喜欢她们送的腰带。马尔十分苦恼，询问青蛙应该怎么办。

"你不要担心，我自有办法。请你把我扔到海里去吧，扔得越远越好！"青蛙说道。

"为什么？我不会抛弃你的，即使你没办法给我父母写信，我还是一样爱你。"马尔深情地说道。

"我知道你的心意，我也不会离开你。我自有办法，你就按我说的做吧!”青蛙看起来胸有成竹。

于是，马尔照着青蛙说的，把它扔到了很远很远的海里。奇怪的是，不一会儿，青蛙就带着一条金质腰带回来了。马尔立即将腰带寄给了父母。

很快，老人来信了，说三儿媳送的礼物最漂亮、最珍贵，还说想见见几个儿媳妇，要求三个儿子将她们带回来。

接到父母的信，潘帕和贝隆立即启程了。马尔又犯了愁，不知道父母会不会接受一只青蛙作为儿媳妇。如果父母不接受青蛙，他该怎么办呢？

青蛙似乎看出了丈夫的心思，劝他放宽心。

"你放心吧，船到桥头自然直，一定会有办法的！你还是像上次那样，将我扔到海里去，明天的这个时候再来海边找我！"青蛙微笑着。

马尔犹豫不决，但想到上次金腰带的事情，还是把青蛙扔到了海里。

第二天，马尔按照约定的时间来到海边。在岸边的一块礁石上，他看到一辆豪华的四轮马车停在那里，车上还坐着一位如花似玉的姑娘。这个姑娘长得非常漂亮，两只水汪汪的大眼睛好像会说话。马尔环顾四周，没有看到青蛙，有点担心，于是四处寻找起来。

"难道你不认识我了吗？我就是你的小青蛙呀！"马车上的姑娘笑着对马尔说道。

为了让马尔相信自己，姑娘唱起了歌，歌声果然和小青蛙的一模一样，只是歌声里已不再充满悲伤。

马尔惊呆了，不敢相信眼前的一切。

"一年前，我无意中得罪了一个巫婆。她为了惩罚我，无情地用魔法将我变成了一只小青蛙。除非有一个善良热诚的年轻人不在乎我的外貌真心地爱我，否则，我就不能恢复本来的面貌。就是你，解除了我身上的魔法。现在你可以放心带我去见你的父母了。"姑娘慢慢解释道。

马尔听了姑娘的话，疑虑顿消，欣喜地登上马车，踏上了回家的旅途。

看到潘帕和贝隆带着儿媳归来，老两口儿高兴极了。可是马尔怎么还没有回来呢？两位老人正在纳闷，一辆金光闪闪的马车就停在了家门前。年轻美丽的青蛙姑娘挽着马尔的手臂，款款地走下马车。

为了庆贺一家团聚，老两口儿邀请亲朋好友，决定在当天晚上举行一个盛大的舞会。

哥哥和嫂子在知道青蛙姑娘的事情之后，非常嫉妒，决心要找机会好好教训教训她。

他们四个人商议了一番，偷偷地在青蛙姑娘的裙子褶皱里放了许多晚餐吃的小豌豆，想让她在舞会上出丑。舞会开始了。奇怪的是，每当青蛙姑娘跳舞时，金币就会从她的裙子里落下来，不一会儿，地板上就铺满了金光闪闪的钱币。

青蛙姑娘把这些金币分给了在场的亲戚朋友，获得了大家的一致称赞。

而她的两个嫂子，一跳舞裙子上就会往下掉小豌豆，而且还是连汤带水。人们见了，无不捧腹大笑。潘帕和贝隆见了，恨不得找个地缝钻进去。从此，青蛙姑娘和马尔就过上了幸福快乐的生活。

艾尔德施尔的故事

　　传说古代有一个施拉子国，这个国家国富民强，百姓安居乐业。更叫人高兴的是，一直没有孩子的国王赛义夫·艾尔宰睦，晚年生了个可爱的儿子，取名叫艾尔德施尔。

　　在父亲的用心教育下，艾尔德施尔不但知书达理，而且在文学方面也很有研究。

　　哈娅图·努夫丝是伊拉克国王阿卜督勒·哥迪尔的女儿，性格古怪，一向讨厌男子。

　　艾尔德施尔听说哈娅图·努夫丝聪明美丽，就向父王表明心意，要娶公主为妻。国王疼爱儿子，派宰相前去求亲。结果，宰相败兴而归。

赛义夫·艾尔宰睦觉得自己国事强盛，哪能咽下这口气，即刻下令征战伊拉克。

艾尔德施尔认为一旦两国交战，公主恐怕性命难保，便向父王求情，说要自己解决，打算先假扮商人跟公主见面，再想方设法取得公主欢心。国王知道儿子主意已定，只好派宰相协助他前往伊拉克，还给儿子准备了金币、珠宝、名贵衣料等物品。

在漫长的路途中，艾尔德施尔一心想念心爱的姑娘，一边流着泪，一边吟诗诉说着内心无法抑制的感情。

他经过几天几夜的长途跋涉，终于到达了目的地——白玉佐武城。

宰相带着艾尔德施尔和奴婢住进城里一家大旅馆。

"我在市场替您租个店铺卖衣料，您在铺里经营，接触的人多了，就更容易接近公主。"一切安排妥当后，宰相对艾尔德施尔说。

铺内货物名贵齐全，摆放井然有序，吸引很多人前来观看。因为艾尔德施尔相貌堂堂，许多人虽然不买东西，但是也结伴来到铺中借机看看他的容貌。看热闹的人越来越多，艾尔德施尔特别想认识一个与宫廷有关系的人，从而打听公主的消息。可是，多日来一无所获，他有些沉不住气了。

"别着急，慢慢来。"宰相只好安慰艾尔德施尔。

就在艾尔德施尔心灰意冷的时候，店内来了一位表情严肃的老太婆，身后跟着两个美丽的姑娘。老太婆发现艾尔德施尔长得特别帅气，不由自主地产生了好感，主动和他攀谈起来。当艾尔德施尔得知她是来给哈娅图·努夫丝公主买东西时，高兴得心都要跳出来了，一边拿出一百个金币讨好她，一边拿出衣服给她看。

老太婆看到衣服非常名贵，十分满意，就询问价钱。艾尔德施尔连忙说这衣服是送给公主穿的，不要钱。

老太婆很纳闷，追问他有什么目的。艾尔德施尔就把自己爱慕公主并想和她结婚的愿望告诉了老太婆。

"公主性格怪癖，曾发誓一辈子不嫁人。她又是国王的独生女儿，国王视她为掌上明珠，你这种想法是不可能实现的。"老太婆听完艾尔德施尔的叙述，十分吃惊。

艾尔德施尔特别沮丧。

"我可以帮你向宰相或者别的官吏家的女儿求亲。"老太婆不忍心看到他这副样子，赶紧帮忙出主意。

"我只喜欢公主，如果不能娶她为妻，活着也没什么意

思，求老人家帮帮我吧！"艾尔德施尔直摇头。

老太婆看他十分恳切，只好答应帮他捎一封信给公主。艾尔德施尔匆匆写下一封饱含深情的求爱信，递给老太婆，又取出一百个金币来答谢她和两个姑娘。老太婆一再拒绝，可艾尔德施尔非让她收下不可。

老太婆告别艾尔德施尔，急忙回到宫中，把镶着珠宝玉石的衣服捧到公主面前。

衣服上无数的珍珠宝石闪闪发光，立刻照亮了整个屋子。公主拿起衣服看了又看，知道它很值钱，远远超过父王的整年税收。

"这衣服是从哪儿买的？"她觉得奇怪，忙问老太婆。

于是，老太婆就把见到艾尔德施尔的经过和公主说了一遍。

"这衣服价值不菲，他有什么事情需要我们帮忙吗？"公主知道事情没这么简单。

老太婆随即把艾尔德施尔写给公主的信递了上去。

"胆大包天！"公主看完，脸都气白了。

看到公主生气了，老太婆吓得浑身发抖。

"他是不是求你救济或是帮他伸冤？"想到艾尔德施尔的嘱托，老太婆鼓起勇气。

"我的乳娘啊，他给我写这样的信，简直要把我气疯了。"公主这样称呼老太婆。

"小姐，你在深宫后院，不必把他当回事。但是你可以给他写封警告信，告诉他如果再敢冒犯您，就吊死他！"老太婆再三怂恿公主给艾尔德施尔写回信。

公主怕回信后他会更加胆大妄为，有些犹豫，但最后还是执笔警告他不要再骚扰自己。

当老太婆把信交到艾尔德施尔手里时，他喜出望外，可是打开信一看，难过得眼泪直往下掉，觉得活着不如死了好，不过还是恳求老太婆帮他再给公主捎一封信。

老太婆欣然答应，并保证能让公主回信。艾尔德施尔在信中深情地告诉公主，自己深爱着她，却受到杀身的威胁，如此纠缠在感情的漩涡中，真是生不如死，一再恳求公主体谅自己。他写完信，拜托老太婆交给公主，又给了她两百个金币作为酬谢。老太婆回去把信交给公主。公主看后，真是气极败坏。

"再给艾尔德施尔写封回信，狠狠骂他，让他斩断自己的情丝。"老太婆乘机给她出主意。

公主在她的催促下，又写了一封言辞尖刻的信，让乳娘交给艾尔德施尔。

老太婆带着回信匆匆来到艾尔德施尔的铺中，把信交给他。艾尔德施尔再次看过信，垂头丧气，老半天一句话也不说。

"你再给公主写封信，我保证让你同她见面。"老太婆知道是公主尖刻的话语伤害了艾尔德施尔，就连忙安慰他。

艾尔德施尔十分感激老太婆的关怀，忙执笔又写了封言辞恳切的信交给她，并拿出三百个金币作为酬谢。

老太婆回到宫中，来到公主的房间，把信交给她。公主读完信，往地上一扔，径直奔向父王的寝宫。老太婆赶紧追过去告诉公主，说如果这件事被国王知道，他一怒之下定会吊死艾尔德施尔，这样对公主名声不好，最好还是再写封回信，让此人知难而退。

当艾尔德施尔再次看到公主的回信时，浑身像泄了气的皮球，没了力气。

"你再忍耐一下，有什么话尽管写下来，我替你拿给公主，然后再带信回来，怎么也要想办法让你和她见面。"老太婆十分心疼他。

艾尔德施尔就又写信让她拿给公主，还给了四百个金币作为酬谢。老太婆再一次把艾尔德施尔的信递给公主，公主坚决不愿再看。老太婆故技重施，说要再回信割断他的痴心妄想。

"我一再指责你，而仍然阻止不了你可恶的行为，如果你还执迷不悟，你的尸体将被扔到旷野中任飞禽走兽啄食。"公主在信中恶狠狠地写道，然后扔到地上。

老太婆拾起信径直来到艾尔德施尔的铺中。

艾尔德施尔从老太婆手中接过公主的信，欲哭无泪。

"为了爱，我吃尽了苦头，你可怜可怜我吧！你的绝情使我备受煎熬，我就快撑不下去了，怎样才能打动你的心啊！"艾尔德施尔再一次把信交给老太婆，又拿出五百个金币酬谢她。

老太婆又像以前一样把艾尔德施尔的信交给公主。公主看完他的信猛然醒悟：原来是老太婆从中作祟。

"打死她！"她把信一扔，厉声喝道。

奴仆们七手八脚地抓住老太婆，一顿痛打，打得她昏迷不醒，然后扔到宫外。公主又吩咐婢女，等老太婆醒后，告诉她不许再进宫。

在宫外，老太婆伤势稍微好转就迫不及待地来到艾尔德施尔的铺中。

因为老太婆在家治伤，艾尔德施尔一度失去了公主的音讯，现在见她过来，真是喜出望外，忙打听公主的情况。老太婆把公主毒打她的经过一五一十地说了一遍。

"公主如此怨恨男子，究竟是什么原因呢？"艾尔德施尔十分不解。

原来，公主曾梦见在自己的花园里，有一个猎人张网捕雀。一个雄鸟落入网中，雌鸟不顾一切啄断网线救出它；当雌鸟落入网中，被救的雄鸟却吓得跟着群鸟落荒而逃。雌鸟不幸死了。

公主从梦中醒来，感慨万分，从那天起就怨恨男人，发誓不嫁人。接着，老太婆给艾尔德施尔出了一个主意。

按照吩咐，艾尔德施尔关闭店铺，一切安排妥当之后，回到住处，把跟老太婆交谈的经过向宰相仔细说了一遍。原来，那天老太婆告诉艾尔德施尔，每年花园内果子快要成熟时，公主都要游园，只要讨好园丁，在园中过

夜，借机在园中碰面后凭艾尔德施尔的相貌，公主肯定会一见倾心。宰相担心二人碰面后公主还是不肯接纳艾尔德施尔，所以打算见了园丁再想办法。

第二天，他和艾尔德施尔来到园中，见到园丁后，谎称二人是父子，还塞给这位七十岁老人两枚金币，说自己是远道而来的异乡人，要在园中歇歇脚，请求他给自己和儿子买点儿东西吃。

园丁嘱咐二人不要随意走动，然后替他们买东西去了。宰相坐在树荫下举目四望，发现一幢高大的楼阁早已破落不堪。

园丁买东西回来，宰相提出要帮助他修缮楼阁。园丁欣然答应了。宰相掏出五百个金币送给园丁，园丁乐得嘴都合不上了。

有一天，艾尔德施尔像往常一样去游园，等待公主的到来，突然看见楼阁墙上猎人捕鸟和雄鸟被擒的画面，非常吃惊。

宰相告诉他，楼阁修好以后，他找来画匠在楼阁上画出猎人捕鸟和雄鸟被擒的图画，并吩咐画匠把雄鸟在凶禽爪中被啄食的样子画得醒目一些，使公主游园时一眼就能看到。

艾尔德施尔称赞宰相足智多谋，许下诺言，说一旦和公主结婚，必定重赏他。从那时起，园丁、艾尔德施尔和宰相的关系更加密切了。

公主赶走乳娘，断绝了和艾尔德施尔的书信往来，心情好多了。一天，国王派人送来一盘鲜果，公主知道现在正是果子成熟的季节，应该去游园寻乐了。这时，她想起乳娘，以前都是乳娘陪自己游园，后悔把从小抚养她长大的乳娘赶走。

婢女们趁机一起向公主求情，要把乳娘接回来。公主下决心接回乳娘，于是派两个亲信婢女前去。

两个婢女好言相劝，老太婆才跟随她们回到宫中。公主一见乳娘，一边起身迎接，一边请求乳娘饶恕自己。老

太婆看到公主诚心诚意向自己忏悔，心中的怨气全消了。

公主赏老太婆一套名贵衣服，又跟她提起游园的事。老太婆说等她先看看园内情况再说。

老太婆告别公主，直奔艾尔德施尔住处，把自己和公主和好以及公主即将游园的事说了一遍。艾尔德施尔也把这些天发生的事情跟她说了一遍。老太婆听后十分高兴，夸宰相聪明过人，又叫艾尔德施尔沐浴更衣，想办法让园丁答应他在园中过一夜。

"你在园中躲起来，待我喊道'乐善好施的人啊，我们所顾虑的事情已经不存在了'的时候，你就从藏身的地方走出来，让公主看到你的容貌，对你产生爱慕之情，这样一切就好办了。"她说。

艾尔德施尔拿出一千个金币酬谢老太婆，按照她的吩咐，梳洗打扮后，携带一千个金币往花园走去。

园丁听到敲门声，开门见是艾尔德施尔，十分开心，但看到他愁眉紧锁，连忙问他为什么这么不开心。

艾尔德施尔难过地流着泪，说自己被父亲（也就是宰相）暴打之后赶出来了，在这里无亲无故，只好投奔他。

园丁爱抚地望着他，答应去找他的父亲，然后说说情使父子俩和好。艾尔德施尔忙摇头，说父亲正在气头上，听不进劝告。

园丁又让他到自己家去。艾尔德施尔谎称心绪不宁，想单独静一静。园丁只好答应让他在园中过夜，还拿来被褥供他使用。

"园里果子已经成熟。"老太婆告诉公主。

"明天你陪我去游园，通知园丁做好准备。"公主心中一喜。

园丁根据要求把园内所有匠人都打发走了，又对艾尔德施尔说明天公主要游园，园内不许逗留任何人，请他先离开，等公主游览完毕再回来，即使待上一辈子都可以。

艾尔德施尔掏出五百个金币塞进园丁手里，向他保证决不让任何人看见自己。园丁见了金币，心软了下来，再三嘱咐他千万躲好。

第二天早晨，公主如期从暗门来到花园。她原本就漂亮，经过一番精心打扮，更加美丽动人。

"如果要到城中去，让奴婢前呼后拥是必不可少的。可是今天，您从暗门来花园游览，是不想让任何人看见自己，就不需要奴仆们跟随你了。"老太婆见园中随处是嬉戏的婢仆，眉头一皱，计上心来。

公主认为乳娘说得对。老太婆马上给她出主意，只留两个人在身边使唤，其他一律打发回宫。

　　公主见楼阁焕然一新，感到奇怪。老太婆借机把园丁修建花园的事对她说了一遍。公主夸赞园丁做了一件好事，吩咐乳娘唤管账的人来。

　　园丁听说公主传唤自己，吓得浑身发抖，心想她肯定看见艾尔德施尔了。吉凶难料，他赶紧回去和老婆、儿女告别。

　　家人大哭，乱作一团。但是，园丁不得不迈着沉重的

步子去见公主。见到公主，老太婆忙催他跪下谢恩，领取赏钱。

园丁转忧为喜，知道修建楼阁得到了公主的赞许，领完赏钱，跪在公主面前谢恩辞行。

园丁走后，老太婆又带公主来到屋内。公主左看看、右看看，突然看到了墙壁上的梦境图，呆呆地一动不动。

老太婆看着公主惊奇的神情，装出全然不知的样子，为公主讲解梦境图，还重点强调：雄鸟飞走，迟迟没来救他的雌伴，是因为雄鸟被凶禽啄吃了。公主猛然醒悟，懊悔自己对雄鸟太不公平了。

老太婆抓住时机诱导公主：人类也同动物一样，丈夫和妻子也要互敬互爱，又举出许多例子。直到公主怨恨男人的心意有所转变，她才陪着公主走出楼阁，在园中漫步，欣赏林中景物。

艾尔德施尔一直躲在园中窥探，终于看到公主了。公主赛过天仙的容貌让艾尔德施尔多日来苦苦相思的神经一下子崩溃了，突然晕倒在地。

等他醒来时，公主已经到别的地方去了。老太婆带着公主不停地到处观看，当走到艾尔德施尔藏身的地方时，那句"乐善好施的人啊，我们所顾虑的事情已经不存在了"不由自主地从老太婆嘴里说了出来。公主无意间看见艾尔德施尔在园中走动，被他英俊的外表深深吸引。

"他是怎么进到花园里的，你认识他吗？"公主急于打听这位英俊少年，赶紧问老太婆。

"小姐，他就是给你写信的人啊！"老太婆回答。

"糟了，之前我那么恶言恶语地诅咒他，现在怎么好意思再见面，见了面又能说什么呢？"公主十分后悔。

"以前，你不是要杀人家的头，就是要人家对你死心，我也无能为力。"老太婆故意说道。

"只怪我身处深宫，不懂人情世故。如果这辈子不能嫁给他，我也不想活了。"公主小声哭泣着。

"谁叫我是你的乳娘呢，跟我来，我想办法让你和他相识。"老太婆察言观色，见公主一脸悔恨，心中暗喜。

她带公主来到艾尔德施尔面前，还没等介绍，两个人就相互对视，拥抱在一起。艾尔德施尔和公主缠缠绵绵不肯分开，老太婆生怕事情败露，让他俩到新修缮的楼阁中休息，自己则在门前把守。

"这不是幻象吧！"艾尔德施尔忘情地喃喃自语。

公主把他搂在怀中，轻吻他的额头和嘴角。艾尔德施尔这才清醒过来，诉说着自己因眷恋、追求公主所吃的苦头。公主听着艾尔德施尔的遭遇，懊悔不已，泣不成声。

"天色已晚，该分手了，我们什么时候再见面呢？"公主恋恋不舍。

她许下承诺，一定想出妥善的办法再次相聚，说完，匆匆走出楼阁，跌跌撞撞地回到自己的房间，一头栽倒在床上。

公主离开后，艾尔德施尔的心像被掏空了一样难受，心情沉重地回到住处，茶饭不思，连觉都睡不好。

公主在房间也不吃不喝，一闭上眼睛，艾尔德施尔的容貌就浮在眼前，一夜都没合眼。

"我吃不下，睡不着，都是你造成的，你赶紧想办法把他给我找来。"她好不容易挨到天亮，见到老太婆就嚷。

"如果今天我看不到他，就告诉父王你破坏我的名节，杀你的头。"公主威胁道。

老太婆知道这是一桩很危险的事情，不能草率行事，苦苦哀求她宽限几天。公主无奈，只好给她三天期限。

第四天一大早，老太婆就把艾尔德施尔请到家，给他刮掉脸上的汗毛，涂脂抹粉，穿上女人的名贵衣服，扎上腰带，带上面纱，又让他学女人走路。

老太婆觉得艾尔德施尔的装束和步履都和大家闺秀不相上下，就告诉他要带他到王宫见公主。一心想见公主的艾尔德施尔毅然决然地跟着老太婆来到宫门。卫官见到老太婆，知道她是公主的乳娘，不过，对她身后这个女人有些顾虑。他走向老太婆，打算问个明白。三十名门卫也跟着走了过来。突然，卫官又转身回到原位，手下的门卫也退到一旁给老太婆让路。原来，卫官见老太婆面露难色，以为是她带着公主偷着跑出来了，如果上前盘查只会惹公主生气。

老太婆见卫兵让路，趁机带着艾尔德施尔走进宫门。他们大大方方地朝前走，顺利到达第七道门。

越过这道门，就是国王、王后和公主的寝宫。老太婆告诉艾尔德施尔，白天是不能同公主见面的，先躲起来，天黑再说。

天黑以后，她带艾尔德施尔去见公主。公主的房间今天装饰得金碧辉煌，格外漂亮。

"乳娘，我心爱的王子在哪里？"公主见乳娘带了一位女子进来，便急不可耐地问。

"我没找到他，不过把他的妹妹找来了。"老太婆狡黠一笑。

"我想见王子，叫他妹妹来做什么？"公主气得直瞪眼。

老太婆见公主生气了，一把扯下艾尔德施尔的面纱。

公主一眼认出艾尔德施尔，两个人一直谈到天明。艾尔德施尔同公主商量，要把自己和她相爱的经过告诉父亲，让父亲派人前来正式提亲。

公主害怕他一走就会跟她疏远，或是家人不同意这门亲事，他们就不能在一起了。

所以，她觉得最好的办法就是让艾尔德施尔先留在自己身边，然后找机会双双逃到他的家乡。艾尔德施尔同意了公主的想法，从此，两个人天天夜里都要幽会，一起谈天说地，已经到了难分难舍的地步。

有一天夜里，他们谈得非常投机，直到太阳升起还说个没完。不巧，这事被国王身边的随从卡尔夫发现了。

原来，国王阿卜督勒·哥迪尔最近收到很多礼物，其中有一串名贵的珠宝项链，价值连城，就叫卡尔夫在那天早晨给公主送去。

卡尔夫因冒犯公主曾被打掉牙齿。他捧着项链边走边在心里咒骂公主。他来到公主门前，见大门锁着，伸手摇醒靠门打盹的老太婆。

"什么事？"老太婆一惊。

"奉国王之命来见公主。"卡尔夫回答。

"你先回去，等会儿再来，我去拿钥匙。"老太婆想把卡尔夫引开。

卡尔夫不肯走，老太婆索性溜走了。卡尔夫等了一会儿，不见她回来，怕国王着急，使劲儿推开门。门开了，他发现大白天屋里的灯还亮着，走进屋一看，立刻惊呆了！卡尔夫看到公主和一个帅气的小伙子挽着胳膊趴在桌子上睡着了。

公主发现卡尔夫，哀求他为自己保守秘密。卡尔夫为之前的事情怀恨在心，哪里肯听，命仆人看守着，匆匆去找国王。

国王一听暴跳如雷，抽出宝剑，命卫官带着手下卫兵，把公主和那个人一起带来。

公主和艾尔德施尔知道事情不妙,双双泣不成声,哭成泪人。卫官来到公主房间,让他们依然趴在桌子上。

两个人不敢违抗,只好照办。就这样,公主和艾尔德施尔连人带桌被抬到国王面前。

国王举起宝剑要杀公主。

"公主无罪,都是我的错!"艾尔德施尔挡在前面恳请国王。

国王举剑要刺死他。

"他是非常有权势的大国王的王子,千万不能伤害他!"公主赶紧上前阻挡。

国王听后,有些犹豫不决,指望身旁老奸巨猾的宰相出主意。

"这种人满嘴谎言,先施以刑罚,再斩首示众。"宰相痛恨二人伤风败俗。

"把两个罪犯斩首示众!"国王感觉颜面扫地,立刻下令。

刽子手按照命令,抓着公主的头发把她拖到刑场,然

后又拖着艾尔德施尔过来。

可恶的刽子手举着刀在艾尔德施尔头上试了试。就在这千钧一发的时刻，王宫外烟尘四起，遮住了人们的视线。原来，艾尔德施尔离宫后，迟迟未归，又音信全无，父亲赛义夫·艾尔宰睦心急如焚，亲自率兵寻找儿子。

正在儿子危难之时，他的人马恰好赶到伊拉克都城。一时间，马蹄声、喊叫声响彻都城的上空。国王阿卜督勒·哥迪尔听说大兵压境，非常恐慌，派宰相查明情况。

不查不知道，大兵压境的这些人正是前来寻找儿子的施拉子国王和臣民。来者声称，如果艾尔德施尔毫发未损，就把他带走；如有不测，一定不能饶恕。宰相一再磕头拜别施拉子国王，战战兢兢地回到宫中，把详情禀告给国王。

国王阿卜督勒·哥迪尔听完宰相禀告，吓得腿都软了，赶紧问那位大国王的儿子是谁？

"国王下令斩首的青年就是大国王的儿子。"旁人回答。

宰相张口结舌。国王连忙叫人阻止刽子手行刑，把艾尔德施尔带上殿来。

"我错怪你了，今天这件事你在你父亲面前千万别提起，以免他轻视我。"国王起身相迎。

艾尔德施尔知道父亲已来身边，不依不饶。

阿卜督勒·哥迪尔说尽了好话，派亲信陪艾尔德施尔沐浴更衣，赏他一套华丽衣服和镶有珠宝的王冠，还有一匹配有珠宝金鞍的高头大马，供他骑着去见父亲。

赛义夫·艾尔宰睦看到儿子平安归来，兴奋地搂着他久久不放。军中官兵看到国王父子久别重逢，唱的唱、跳的跳，欢笑声洋溢在整个军营。一些在商铺中看到艾尔德施尔做生意的人都感觉奇怪，像这样身份高贵的人去做生意实在是不可思议。

赛义夫·艾尔宰睦大兵压境的消息被公主知道了，她害怕艾尔德施尔弃她随父而去，立刻派女仆找到他打听消息。艾尔德施尔听完女仆的一番话，知道了公主的担忧，忍不住痛哭失声。

"公主是我的挚爱,我尽快禀告父亲,让他派宰相向她父亲求亲,没有她我是不会回国的。"他动情地对女仆说。

夜里,艾尔德施尔和父王促膝交谈。父王急于知道儿子在这里过得好不好,于是,艾尔德施尔把自己的经历从头到尾说了一遍。

赛义夫·艾尔宰睦气得直跺脚,说要实施报复。艾尔德施尔赶紧把自己和公主的心意如实地说了一遍,请求父王不计前嫌,尽快派人向公主求亲。

赛义夫·艾尔宰睦欣然同意儿子的请求,并准备一份厚礼派宰相带着前去提亲。

宰相拜见了阿卜督勒·哥迪尔,把艾尔德施尔向公主求亲的愿望如实禀告给他,同时献上厚礼。阿卜督勒·哥迪尔看到那些价值连城的宝物,知道了对方的强大,同意艾尔德施尔的求婚,又派人询问公主的意见。

公主毫不犹豫地答应了。阿卜督勒·哥迪尔命人取来名贵衣服和一万个金币赏给宰相，请宰相向赛义夫·艾尔宰睦转告自己和公主的意愿，并请求允许他前去访问。

宰相带着赏赐回到军营，如实转达了阿卜督勒·哥迪尔和公主的意思。

艾尔德施尔听了高兴地手舞足蹈。赛义夫·艾尔宰睦也感到很欣慰，同意阿卜督勒·哥迪尔前来访问。

第二天，阿卜督勒·哥迪尔率领亲信如期来到赛义夫·艾尔宰睦的军营中。

一阵寒暄过后，两位国王亲自协商儿女的婚事。不久，艾尔德施尔和公主在父亲的操持下完婚了。

一时间，都城热闹空前，臣民们都在祝福艾尔德施尔和公主的美满婚姻。

他们沉浸在快乐、幸福之中。

阿里巴巴

很久以前，在古波斯国的某城市里住着两兄弟，哥哥叫戈西姆，弟弟叫阿里巴巴。父亲去世后，他俩平分了有限的财产，分家自立，各谋生路。

后来，戈西姆与一个富商的女儿结婚，继承了岳父的产业，成了远近闻名的大富商。阿里巴巴则娶了一个穷人家的女儿，全部家当除了一间破屋外，只有三头毛驴。阿里巴巴每天赶着毛驴去树林中砍柴，再驮到集市上去卖，以此维持生计。

一天，阿里巴巴赶着毛驴上山砍柴。准备下山的时

候，他远远看见一支马队正急速地向这边奔来。

　　阿里巴巴担心这伙人是歹徒，想赶紧逃走，但是那伙人越来越近，逃出树林已是不可能了。他只得把驮着柴火的毛驴赶到树林深处，自己爬到一棵大树上躲藏起来。

　　那棵大树生长在一块巨大的石头旁边。阿里巴巴把身体藏在茂密的枝叶间。躲在这里，他可以清楚地看见下面的一切，而下面的人看不见他。

不一会儿，那伙人来到大树旁，在大石头前停下。他们共有四十人，个个年轻力壮、行动敏捷。阿里巴巴仔细观察，发现这果然是一伙强盗。

匪徒们在树下拴好马，取下沉甸甸的鞍袋。这时，一个首领模样的人来到大石头前，大喊了一声"芝麻开门"。话音刚落，大石头缓缓移开，一个山洞出现在眼前。

强盗们一个个走进洞内，石头门又自动关上了。

过了一会儿，山洞的门开了，匪首走出洞来。他站在洞前清点人数，见人全出来了，又喊了一声"芝麻关门"，洞门就自动关了起来。

匪首检查完毕，没有发现问题，率领众强盗扬长而去。看到强盗都走了，阿里巴巴才从树上下来。他来到巨石前，也喊了一声"芝麻开门"。话音刚落，洞门便立刻打开了。

阿里巴巴小心翼翼地走进去，发现洞中堆满了金银珠宝。一堆堆丝绸锦缎，一堆堆彩色毡毯，还有数不清的金币、银币。阿里巴巴深信这是强盗们藏匿赃物的宝库。

一下子看见这么多金银财宝，阿里巴巴震惊极了。平息了一会儿，阿里巴巴装了几袋金币，来到洞外，用暗语关上了石门。

到家后，阿里巴巴急忙把装着金币的袋子搬进屋内，并将金币的来历告诉了妻子。妻子听了，万分惊喜，忙着去数那些金币。

"瞧你，这么数下去，什么时候才数得完呀？"阿里巴巴说道。

"我要量一量这些金币到底有多少。"妻子兴奋地说。

"这件事是值得高兴，但你千万要注意，别对任何人说。"阿里巴巴叮嘱道。

阿里巴巴的妻子急忙到戈西姆家去借量器。戈西姆的妻子是个好奇心很强的人，在量器底部刷上了一层蜜蜡。回到家中，阿里巴巴的妻子立刻开始量金币。

量完金币，阿里巴巴和妻子一起动手，把金币搬进地洞，小心翼翼地埋藏起来。由于兴奋，他们竟没有注意到量器底部粘着一枚金币。看到归还的量器，戈西姆的妻子立即发现了那枚金币，顿生忌妒之心。

傍晚，戈西姆回到家，妻子就迫不及待地讲了事情的经过。知道此事后，戈西姆顿生贪念。这一夜，他辗转反侧，次日天刚亮就去找阿里巴巴。

"兄弟啊，你表面装得很穷，其实是真人不露相啊！我

知道你积攒了无数的金币。"戈西姆把那枚金币拿了出来。

阿里巴巴恍然大悟，知道秘密藏不住了。虽然明知这会招来不幸和灾难，但在这种情况下，他也只能把宝库的事毫无保留地讲给哥哥听。

戈西姆仔细听着，把所有细节都牢记在心里。第二天一大早，他赶着雇来的十头骡子来到山里，按照阿里巴巴的讲述，顺利找到了神秘的洞门，进入了宝库。

面对如此多的金银财宝，戈西姆激动万分，有些不知所措了。镇定了一会儿，他急忙把金币装进口袋，然后一袋一袋挪到门口，准备搬出洞外。

一切准备妥当，他来到紧闭的洞门前。

由于兴奋过度，戈西姆竟忘记了开门的暗语，急得满头大汗。他慌了神，一口气喊了各种豆麦谷物的名称，唯独没有想起芝麻。最后，他筋疲力尽地倒在了山洞门口。

半夜，强盗们回到山洞发现了戈西姆，看到他企图偷金币，十分愤怒，一刀砍下了他的头。

这天晚上，戈西姆没有回家，他的妻子预感到事情有些不妙，焦急万分地跑到阿里巴巴家询问。

阿里巴巴越想越觉得不安，赶着三头毛驴往山洞走去。一进洞门，他就看见了哥哥的尸首。他又害怕又伤心，赶紧把哥哥的尸首放到驴背上，然后又装了几袋金币，赶着毛驴下山了。

回城之后，他把驮着金币的两头毛驴牵到自己家交给妻子，然后把运载尸首的毛驴牵往哥哥的家。

阿里巴巴从驴背上卸下哥哥的尸首，然后把哥哥的遭遇从头到尾对嫂子说了一遍。

阿里巴巴与哥哥家的女仆马尔基娜商量了一番，然后牵着毛驴回了家。马尔基娜来到一家药店，说戈西姆病得很厉害。第二天，她再次来到药店，将戈西姆去世的消息传了出去。

第三天一大早，马尔基娜戴上面纱，找到老裁缝巴巴穆司塔。她给了老裁缝一枚金币，蒙住他的眼睛，让他把

戈西姆的身首缝起来。此事进行得很顺利，马尔基娜又给
了老裁缝一枚金币，再次蒙住他的眼睛，把他送回裁缝
铺。丧期过后，阿里巴巴将嫂子娶为妾室，让侄子继续经
营戈西姆的店铺。

一天，强盗们返回洞中，发现戈西姆的尸首不见了，
而且洞中又少了许多金币。他们知道，那个搬走尸首、盗
窃金币的人，必然懂得暗语。必须把那个人查出来，才能
避免财物继续被盗。

经过周密计划，匪首决定派一个机警的强盗，到城中
探听最近谁家死了人，住在什么地方。找到线索，也就能
找到他们所要捉拿的人。

一个匪徒自告奋勇，当夜就溜进了城。第二天清晨，
他见街上老裁缝的铺子开着门，便进去打听，很快就有了
消息。

匪徒暗自高兴，忙把一枚金币塞给老裁缝，问明事情
的真相。

"其实我并不知道那家人的住址，一个女仆蒙住了我的眼睛，所以我无法告诉你确切的地址。"老裁缝说道。

"哦，太遗憾了！不过不要紧，我们可以像上次那样演习一遍。"说完，匪徒又拿出一枚金币塞给老裁缝，并在他的眼睛上蒙上了一条手帕。

贪心的老裁缝本来就是个头脑清醒、感觉敏锐的人，在他的带领下，匪徒找到了戈西姆的家，不过如今这里已是阿里巴巴的家了。

匪徒用笔在大门上画了个记号，满心欢喜地解掉老裁缝眼睛上的手帕。

"你帮了我大忙，我真是太感激了。"匪徒说完就急急忙忙赶回山洞报信去了。

马尔基娜外出办事，刚跨出大门，便看见了门上画着的白色记号，不禁大吃一惊。她沉思片刻，料定这是有人故意做的识别标记，肯定不怀好意。于是，她也用笔在周围邻居家的大门上都画上了同样的记号。

　　在大门上作过记号的匪徒，直接将匪首带到了阿里巴巴家附近。可是匪首发现这里每家的大门上都画着相同的记号。

　　匪首处死了带路的匪徒，又派了一个手下继续打听。没想到这个匪徒依然没有完成任务，再次被处死。匪首决定亲自出马。他在老裁缝的帮助下，顺利找到阿里巴巴家的门，还把住宅的位置和四周的情况记在了心里。

　　"地点我已经打听清楚了。你们马上去买十九头骡子和三十八个瓦瓮。"回到洞中，匪首吩咐众匪徒。

　　三十七个匪徒在一个瓮中装满菜油，然后钻进瓮中，用十九头骡子驮运。匪首则扮成商人，赶着骡子，大模大样地来到阿里巴巴家的门外。

　　此时，阿里巴巴刚吃过晚饭，正在房前散步。匪首趁机接近他，说想在此借宿一晚。

　　阿里巴巴虽然见过匪首，但由于他是乔装打扮，天又黑，一时竟没有认出来。他为匪首安排了一间空闲的柴房安置瓦瓮，然后吩咐女仆马尔基娜准备其他的东西。

　　匪首将瓦瓮搬进柴房，告诉躲在瓮中的匪徒们半夜听到信号就行动。

　　马尔基娜招待完客人，去柴房拿柴，见到了成排的瓦瓮。躲在瓮中的匪徒听到脚步声，以为是匪首来叫他们，便询问是不是行动时间到了。马尔基娜立刻明白了匪徒们的诡计，当即学着匪首的声音回答还不到时间。

来到最后一个瓦瓮前，马尔基娜发现这个瓦瓮里装的是菜油，便舀了一大锅油，架起柴火，把油烧开，依次浇进三十七个瓦瓮里。藏在瓦瓮中的匪徒就这样一个个被烫死了。

深夜，匪首拍手发出暗号，叫匪徒们行动，但毫无动静。过了一会儿，他再次发出信号，还是没有动静。他赶紧走出卧室，来到柴房。

他走到第一个瓦瓮前，立刻闻到一股油味，伸手一摸，瓦瓮很烫手。他一个个摸过去，发现所有的瓦瓮都一样，立刻明白自己的手下已经全都死了。他不敢再回卧室，立刻翻墙逃走了。

第二天，阿里巴巴见瓦瓮原封不动地摆在柴房，感到非常惊奇。

"老爷啊，全靠神的保佑，才让你昨晚免遭伤害。那个商人图谋不轨，被发现后逃走了。请老爷自己看看里面装了什么。"她把阿里巴巴带进柴房，指着一个瓦瓮说道。

　　阿里巴巴打开瓮盖一看，发现里面躺着一个全副武装、被沸油烫死了的男人。

　　"那个卖油商人到哪儿去了？"阿里巴巴问道。

　　"老爷啊，你还不知道，那个家伙其实不是生意人，而是为非作歹的匪首。几天前我回家时，看见大门上有个记号，我估计是仇人画的，是想祸害老爷，所以我就在周围每家大门上都画上了相同的记号。现在看来，肯定是这伙人干的。老爷必须格外小心，那个匪首肯定不会轻易放过你的。"马尔基娜慢慢说明了事情原委。

　　"我会注意的。你勇敢果断，很不错。"阿里巴巴说。

　　阿里巴巴按马尔基娜的指点，带仆人阿卜杜拉在后花园挖了一个大坑，把三十七具尸首掩埋起来。

　　匪首从阿里巴巴家狼狈逃窜后，悄悄回到山洞，想着损失的财物和人马，愈发愤怒。他认为只有杀掉阿里巴巴，才能解除心头之恨。

　　思索了一番，他决定继续假扮商人进城，伺机收拾阿里巴巴。第二天清晨，匪首乔装进城，找了一家客栈住下。在客栈里，匪首猜想这么多人死了，肯定会引起轰动，于是向客栈的门房打听。

门房把城里发生的大事小情全部告诉了匪首。匪首听了既奇怪又失望，这才明白阿里巴巴是个机警聪明的人，不能小看。

为了寻找报仇的机会，匪首在集市上租了间铺子，改名盖勒旺吉·哈桑，装模作样地做起了生意。

说来凑巧，匪首哈桑的铺子对面正是戈西姆儿子的店铺。匪首哈桑待人接物既大方又谦恭，很快就跟附近的人混熟了。

这天，阿里巴巴到铺子里看望侄子，被对面的匪首哈桑看见了。匪首哈桑跟小伙子套近乎，问他和阿里巴巴的关系。

"他是我的叔父。"小伙子回答道。

此后，匪首哈桑对阿里巴巴的侄子更加热情了，还给

了他许多好处，暗地里却做好了复仇的准备。

过了一段时间，阿里巴巴的侄子想邀请匪首哈桑吃饭，但想到自己的住处狭小，接待客人不太方便，便去请教叔父阿里巴巴。

"明天是休息日，你请他到我这儿来吧！我会吩咐马尔基娜预备一桌丰盛的筵席款待你们。你不用操心，一切由我办理好了。"阿里巴巴说道。

第二天，阿里巴巴的侄子按叔父的指示，邀请匪首哈桑到叔父家吃饭。匪首哈桑听了暗自高兴，但表面上装出很客气的样子。这时，仆人打开了大门。阿里巴巴的侄子拉着匪首哈桑的手一起进屋。主人阿里巴巴礼貌地迎接并问候匪首哈桑。

"你的侄子为人不错，言谈举止给我留下了深刻的印象。他年纪虽小，可是聪明过人，我很喜欢他。"匪首哈桑极力赞美道。

宾主就这样聊了起来，显得既客气又亲切，十分投机。过了一会儿，匪首哈桑提出告辞。

"我的朋友，吃过饭再走吧！我们的饭菜即使不像你家里的那样可口，也请你接受我们的邀请。"阿里巴巴起身挽留匪首哈桑。

"感激不尽，不过我的确不方便。"匪首哈桑说道。

"怎么啦？"阿里巴巴感到很奇怪。

"是这样的，前几天我病了，大夫嘱咐我，凡是带盐的菜肴都不可以吃。"匪首哈桑回答道。

"啊，就为这个呀，那不碍事，我会吩咐仆人给你做无盐的菜肴。"说完，阿里巴巴来到厨房，吩咐马尔基娜做菜不要放盐。

马尔基娜非常惊奇，询问起阿里巴巴。

"你问这个干吗？只管照我的话去做就是了。"阿里巴巴说道。

"好的，一切按你的意思办。"马尔基娜对提出这个要求的人非常好奇，很想看他一眼。

菜肴准备齐全，借着上菜的机会，马尔基娜看到了匪首哈桑。她一眼就认出他就是那个逃跑的匪首。再仔细一看，她发现匪首哈桑的腰间还藏着一把短剑。

回到厨房，马尔基娜仔细思索对付匪首哈桑的办法。

阿里巴巴和匪首哈桑吃喝完毕，马尔基娜和阿卜杜拉将杯盘碗盏收拾好，搬了一个小茶几放到主人和客人身旁。一切布置妥当，马尔基娜退了下去。

这时，匪首哈桑觉得机会到了。

"这可是报仇雪恨的好机会，我只要把短剑狠狠地戳过去，就可以结果这个家伙的性命，然后从后花园溜走。不过还是稍等一下，等那两个仆人休息了再动手也不迟。"匪首暗自心想。

马尔基娜沉住气，暗中监视着匪首哈桑的举动，心想

决不能让这个恶棍得逞。

忠实可靠的马尔基娜换上一身漂亮的舞衣，束上一条织锦围腰，然后将一把匕首藏在围腰下面。准备完毕，马尔基娜吩咐阿卜杜拉带上手鼓，为老爷和客人表演。

阿卜杜拉带上手鼓，跟马尔基娜来到客厅。他敲起手鼓，马尔基娜翩翩起舞。

在手鼓的伴奏下，马尔基娜迈着轻盈的舞步。正当他们看得出神的时候，马尔基娜暗中抽出匕首藏在胸前，然后按当地的习俗拿着手鼓向在座的人讨赏。她首先站在主人面前，于是阿里巴巴向手鼓中扔了一枚金币，接着阿里巴巴的侄子也扔进了一枚金币。

匪首哈桑看到马尔基娜靠近，便掏出钱包预备给赏钱。这时，马尔基娜鼓足勇气，拔剑向匪首哈桑的心窝猛刺进去。

匪首哈桑倒地而亡。

阿里巴巴大吃一惊，大发雷霆。

"不，我的主人，我刺死这个家伙是为了救你的性命。如果你不相信，请看他的腰间，便知道是怎么回事了。"马尔基娜理直气壮地说。

阿里巴巴上前一看，发现匪首哈桑佩着一把锋利的短剑，一时目瞪口呆。

"这个卑鄙的家伙是你的死敌。你仔细看看吧，他正是那个所谓的贩油商人，也就是那伙强盗的头子。他说不吃

盐，就说明他贼心不死，存心谋害你。"马尔基娜继续说道。

阿里巴巴惊奇万分，十分感激马尔基娜。

"你先后两次从匪首手中救了我的命，我应该报答你。现在我恢复你的自由，让你成为自由人。为了表示感谢，我把你许配给我的侄子，让你们成为恩爱夫妻。"阿里巴巴说道。

然后，阿里巴巴向侄子说明了马尔基娜机智勇敢、英勇无畏几次救他的事情。

阿里巴巴带领侄子、马尔基娜和阿卜杜拉，趁着夜色把匪首的尸体埋到后花园。

经过精心准备，阿里巴巴选择良辰吉日，为侄子和马尔基娜举行了隆重的结婚典礼。他大摆筵席，盛宴宾客，沉浸在一片欢乐的气氛之中。

彻底根除了隐患，阿里巴巴从此安心经营生意，过起了富足的生活。

在此之前，由于顾虑匪徒报复，阿里巴巴自哥哥死后，一直没去过山洞。如今，匪徒们一个个都死掉了，已经没有任何危险了。

循着原来的路线，阿里巴巴来到宝库洞口，认真观察了一下周围的情况，喊了一声"芝麻开门"。

同过去一样，洞门应声而开。阿里巴巴小心翼翼地走进去，看到洞中堆满了丝绸锦缎和彩色毡毯，还有多得无法计数的金币、银币。

　　阿里巴巴见所有的金银财宝依然原封不动地堆在那里，深信所有的强盗都完蛋了，除了他再也没人知道暗语了。他强压心中的激动，装了一鞍袋金币和一些绫罗绸缎回家了。

　　后来，阿里巴巴把山中宝库的秘密告诉了侄子和马尔基娜，还有他的儿孙们，让他们世代永享宝库中的无尽财富。就这样，阿里巴巴及其子孙后代一直过着富足的生活。